지구의 미래를 위해 꼭 지켜야 할 씨앗 이야기

지구에 씨앗이 모두 사라지면?

글 셰릴 노먼도 | 옮김 오지현 | 감수 김진옥

초록개구리

더불어 사는 지구는 우리가 세계 여러 나라 사람들과 함께 이 지구에서 더불어 잘 살기 위해
생각해 보아야 할 환경과 생태, 그리고 평화 등의 주제를 다루는 시리즈입니다.

▶ 씨앗은 미래의 식물이다.

사랑을 가득 담아
롭, 엄마와 아빠, 그리고 데릭에게

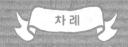

차 례

씨앗은 어떻게 지구를 구할까?

나는 북아메리카 서쪽의 로키산맥 기슭에 산다. 7월이면 야생화가 피어나는데, 이때 적어도 한 번은 산속을 여행한다. 색색의 꽃으로 가득한 풀밭을 보면 숨이 멎을 것 같다. (벌들도 꽃 주위를 날아다니며 무척 흥분한다!) 꽃들은 해마다 피어나고 이곳저곳에 퍼진다. 꽃의 씨앗이 바람이나 포유동물, 새에 의해 옮겨지기 때문이다.

나는 산속 경치에 감탄하면서 씨앗의 중요성을 깨닫는다. 씨앗은 우리에게 먹을 것과 입을 옷, 목재를 비롯한 여러 재료를 공급한다. 꽃을 피우는 꽃식물은 씨앗으로 번식한다. 씨앗이 없어지면 다양한 종류의 식물들도 사라진다. 그러면 인간뿐 아니라, 씨앗에서 자라나는 식물에서 살 곳과 먹이를 얻어 온 야생 동물과 곤충도 어려움을 겪게 된다.

이토록 중요한 씨앗이 인간 활동 탓에 사라질 처지에 놓였다. 기후 위기와 불안정한 식량 공급 문제는 미래를 위해 씨앗 보존이 더욱 중요해졌음을 말해 준다. 정부와 국제기구가 씨앗 보존에 힘을 모으고 있지만, 우리도 저마다 역할을 다해야 한다.

▲ 산속에서 꽃과 씨앗에 둘러싸인 글쓴이.

나는 봄마다 씨앗을 심는다. 아파트에 살기 때문에 텃밭을 가꿀 수 있는 곳은 좁은 발코니와 공동체 텃밭의 한 구역뿐이다. 나는 가족과 이웃, 친구들에게 나눠 주기 위해 채소와 허브를 기른다.

시간이 지나면서 씨앗을 제대로 저장하는 법을 터득했다.

▲ 도시 사람들에게는 텃밭을 가꿀 공간이 없다. 하지만 화분에 식물 한두 개만 심어도 씨앗을 모으기에 충분하다.

저장된 씨앗은 다음 해에 다시 심을 수 있다. 나는 내 작은 텃밭에 심을 수 있는 양보다 훨씬 많은 씨앗을 저장해 두었다가, 원하는 사람들에게 나눠 준다. 해바라기 씨앗은 새들에게 영양 가득한 간식이기에, 새들이 먹도록 텃밭에 남겨 둔다.

나 혼자서는 많은 일을 이룰 수 없다. 하지만 이걸 생각해 보자. 토마토 씨앗 하나하나가 저마다 하나의 식물로 자란다. 그 식물은 열매를 맺고, 또 수백 개의 씨앗을 만들어 낸다! 내가 그 씨앗들을 많이 저장한다면, 다음 해에 더 많은 토마토를 기를 수 있고, 다른 사람들이 토마토를 기르도록 도와줄 수도 있다. 이렇게 씨앗 저장과 나눔을 되풀이한다면, 더 큰 영향을 끼칠 것이다. 씨앗의 중요성과 보존 방법을 배울 준비가 되었다면, 이제 텃밭으로 들어가 보자.

▲ 세상에서 가장 작은 씨앗은 '난초'라 불리는 난초과식물에서 나온다. 난초과식물의 씨 앗은 먼지보다 작다. 그렇다면 세상에서 가장 큰 씨앗은 무엇일까? 코코넛 종류일 거라고 생각했다면, 정답이다. 크기가 어떻든 간에, 씨앗은 겉으로 드러나지 않았지만 앞으로 자 라날 생명체로 가득 차 있다.

1장
씨앗은 왜 중요할까?

씨앗을 땅에 심으면 싹이 돋아난다. 싹에서 잎과 줄기가 자라고 꽃이 핀다. 이윽고 열매가 열리면 거기서 새로운 씨앗이 나온다. 이처럼 씨앗은 식물이 생겨나는 출발점이다. 그리고 식물은 지구의 모든 생물이 살아가는 데 꼭 필요하다. 생존의 토대가 되는 씨앗이란 무엇인지, 그 종류에는 어떠한 것이 있고, 지금까지 어떻게 보존되어 왔는지 살펴보자.

씨앗이란 무엇일까?

씨앗은 돋아나기를 기다리는 아기 식물이다. 씨앗 안에는 수정된 배아가 있다. '배젖'이라고 불리는 특별한 저장 조직이 배아를 감싸고 있다. 배젖에는 씨앗이 싹 트는 데 필요한 모든 영양분이 들어 있다. 씨앗의 바깥 부분은 '씨껍질'이라고 한다. 이 얇은 막은 씨앗에서 식물이 만들어질 때까지 씨앗을 보호해 준다. 씨앗은 산소와 물, 알맞은 온도가 주어지면 부풀어 오른다. 그리고 작은 어린싹이 씨껍질을 뚫고 나오기 시작한다.

씨앗을 싹 틔우고 싶지 않다면, 서늘하고 건조한 곳에 보관하면 된다. 그리고 씨앗을 심을 준비가 되었을 때 물과 공기 등의 조건을 마련해 주면, 마침내 씨앗은 깨어난다.

열 가지 종류의 씨앗

씨앗의 종류는 매우 많고 다양하다!

	정향
	코코넛
	커피콩
	옥수수
	겨자
	완두콩
	땅콩
	잣
	피스타치오
	퀴노아

씨앗이 있는 식물에는 또 어떤 것이 있을까?

콩 씨앗을 더 자세히 살펴보자.

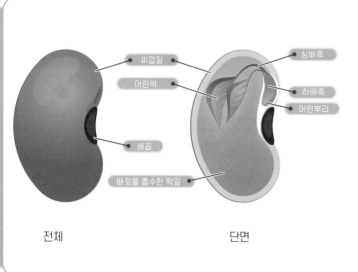

전체 　　　　　　　　 단면

'어린뿌리'는 싹 트는 씨앗의 한 부분으로서, 흙 속 깊숙이 비집고 들어가서 식물의 뿌리계를 형성해 나간다.

'하배축'은 싹 트는 씨앗의 줄기이다. '어린싹'은 하배축에 붙어 있다. '상배축'은 길게 자라는 하배축의 제일 윗부분을 말한다.

하배축은 씨앗의 줄기를 흙 밖으로 밀어 올리는 역할을 한다. '배젖'은 배아를 둘러싼 특별한 저장 조직인데, 콩 씨앗의 경우 배젖을 흡수해서 커진 떡잎이 있으며, '씨껍질'은 씨앗의 바깥 부분이다. '배꼽'은 씨앗 겉면에 난 자국인데 이 흔적으로 씨앗이 식물에서 떨어져 나오기 전에 붙어 있던 자리가 어딘지 알 수 있다.

다양한 씨앗의 종류

씨앗에는 여러 종류가 있다. 대표적인 종류로 토종, 자연수분종, 개량종을 꼽을 수 있다. 씨앗을 잘 저장하려면 그것이 어떤 종류인지 알아야 한다. 저장하기 어려운 씨앗이 있는가 하면, 저장하기 쉬운 씨앗도 있다.

토종

대대로 이어 내려온 씨앗이다. 개구리 몸에 있는 무늬의 껍질을 가진 '개구리참외', 검은색 낱알을 가진 '조선검정찰옥수수' 같은 식물의 씨앗을 저장하고 재배하면, 새로 자라

▲ 건강한 식물은 건강한 씨앗에서 나온다. 여러분이 심으려고 하는 씨앗이 아무런 병에 걸리지 않았다는 사실을 확인하는 건 중요하다. 시들하고 약한 식물이 아니라 튼튼한 식물의 씨앗을 저장해야 한다.

▲ 토종 토마토의 독특한 모양과 색깔이 눈길을 사로잡는다. 이런 토마토는 맛도 엄청 좋다.

난 식물에서는 더 많은 씨앗을 얻을 수 있다.

어떤 토종 씨앗은 수 세기 동안 이어져 왔다. 18세기 후반에 아주 맛있는 스쿼시(서양 호박) 씨앗이 서인도 제도에서 미국으로 넘어왔다. 1842년에 엘리자베스 허버드라는 사람이 저장해 둔 스쿼시 씨앗을 이웃들에게 나눠 주었다. 이 씨앗 나눔은 해마다 계속되었고, 사람들은 이 식물을 엘리자베스의 성을 따서 '허버드 스쿼시'라고 불렀다. 허버드 스쿼시는 오늘날까지 재배되고 있다. 씨앗을 얘기할 때, 토종과 재래종은 거의 같은 의미로 쓰인다.

자연수분종

곤충이나 바람에 의해 자연스럽게 수분, 즉 꽃가루받이가 일어나는 씨앗이다. 이 종류의 씨앗은 맛 좋은 풍미, 색깔 또는 그 밖의 사람들이 무척 좋아하는 어떤 특징을 지닌 식물로 자라기 때문에 계속 보존된다. 주황색이 아닌 흰색의 '흰당근'을 비롯한 많은 토종 씨앗은 벌에 의해 수분되기 때문에 자연수분종 씨앗이기도 하다. 정해진 지역에서만 자라는 자연수분종 씨앗은 그곳 기후에 적응한다.

개량종

개량종 씨앗은 서로 다른 두 종의 식물을 교배해 만든다. 대부분의 경우, 개량종 식물에서 거두어들이는 농산물의 양이 자연수분종 식물에서 얻는 것보다 많다. 따라서 사람들은 더 많은 수확을 위해 개량종 씨앗을 만든다.

▲ 지금 심으려는 씨앗이 무슨 종류인지 잘 알아야 나중에 씨앗을 거두었을 때 제대로 저장할 수 있다.

개량종 식물의 씨앗은 부모 식물과 똑같은 식물로 자라나지 않는다. 다른 성질을 지닌 새로운 식물로 자란다. 만약 여러분이 부모 식물과 똑같이 자라날 씨앗을 저장하고 싶다면, 개량종 씨앗 말고 자연수분종 씨앗을 선택해야 한다. 자연수분종 씨앗으로 키운 식물은 부모 식물과 똑같이 자란다. 흰당근의 맛과 생김새가 맘에 들면, 흰당근에서 얻은 씨앗이 그와 똑같은 맛과 생김새를 지닌 식물로 자라기를 바라는 건 당연하다.

개량종 씨앗에서 자란 채소가 항상 토종 채소만큼 좋은 맛을 내는 건 아니다. 사람들은 맛보다는, 오래 보관할 수 있는 점 등의 다른 성질을 얻으려고 씨앗을 개량하기 때문이다. 시장이나 마트에 개량종 채소가 많은 이유는 토종 채소보다 더 신선하게 운반될 수 있어서다.

> **이거 알아?**
>
> 개량종 씨앗은 자연수분종 씨앗보다 비싸다. 개량종 씨앗을 얻으려면 사람이 손으로 일일이 꽃가루받이하는 수고를 들여야 하기 때문이다. 게다가 원하는 품종을 얻기까지 몇 년이 걸릴 수도 있다.

씨앗이 없다면 생물은 어떻게 될까?

씨앗과 그 씨앗에서 자라나는 식물이 없다면, 지구의 모든 생물이 살아가기가 무척 힘들 것이다. 식물은 우리에게 먹을 것과 약, 옷을 지을 섬유, 그리고 목재와 연료 같은 재료도 공급해 준다. 식물은 야생 동물과 가축의 먹이이자 집이고, 인간은 이런 야생 동물과 가축 일부를 먹고산다.

아침에 여러분이 일어나서 학교에 도착하기까지 식물로부터 받은 것들을 모두 떠올려 보자! 여러분이 입은 옷은 식물로 염색한 것일지도 모른다. 여러분이 먹고 마신 오렌지주스와 시리얼 조각은 모두 식물로 만들어지고, 치약 속 민트 향도 식물에서 온다.

▼ 텃밭에서 겨울을 채비할 때, 씨앗이 있는 식물의 윗부분은 자르지 말자. 씨앗을 먹고사는 새들이 언제든 와서 마음껏 먹게 말이다.

▲ 씨앗은 대부분 먹어도 된다. 여러분도 볶은 호박씨나 해바라기씨를 간식으로 먹은 적이 있을 것이다.

▲ 오늘날에도 우리는 카카오콩을 여러 음식의 재료로 사용한다. 비누와 로션 같은 화장품의 재료로 쓰기도 한다. 카카오콩 껍질은 텃밭에 뿌려서 식물의 뿌리를 보호하는 덮개로 사용할 수 있다.

화폐로 쓰인 씨앗

옛날에 몇몇 씨앗은 몹시 중요해서 돈만큼이나 귀하게 여겨졌다. 기원전 수 세기 전에 지금의 멕시코와 중앙아메리카 지역에 살았던 마야인들은 카카오 씨앗, 즉 오늘날 '카카오콩'이라 불리는 것을 돈처럼 사용하기 시작했다. 그보다 앞서 기원전 1,000년 무렵부터 그 지역에 살았던 사람들이 카카오콩을 거두어들이고 저장하긴 했지만 돈으로 사용한 건 마야인이 처음이었다.

마야인들은 살아가면서 중요한 일을 기념할 때에도 카카오콩을 사용했다. 기원후 691년에서 900년 사이에 카카오콩과 카카오콩으로 만든 뜨거운 초콜릿 음료는 결혼식과 세례식에 쓰였다. 카카오콩을 지위의 상징으로 여긴 황제들은 죽고 나서 카카오콩이 가득 담긴 항아리와 함께 무덤에 묻혔다.

사람들은 일한 대가로 카카오콩을 받았고, 그것으로 옷과 먹을 것을 샀다. 그리고 카카오콩을 신에게 제물로 바치기도 했다.

1400년 무렵 마야인이 같은 중앙아메리카의 한 부족인 아즈텍인
과 무역을 시작했을 때에는 아즈텍인들이 카카오콩을 공물로 받
아들였다. 이런 관습은 수백 년 동안 계속되었다.

대를 이어 전해지는 씨앗

대대로 이어 내려온 씨앗을 보면 우리보다 먼저 작물을 심고 거
두며 살던 사람들이 떠오른다. 때때로 씨앗은 뜻밖의 방식으로
퍼지기도 한다. 1853년, 동유럽 흑해에 있는 크림반도를 두고 서
로 차지하려는 전쟁이 벌어졌다. '크림 전쟁'이라 불리는 이 전쟁
에는 한 편에 러시아 제국이, 그 반대편에 영국 · 이탈리아 · 프랑
스 연합군이 뛰어들었다.

작지만 강력한 씨앗 이야기

약이 되는 식물이란?

수천 년 동안 세계 곳곳의 원주민들은 식물을 약으로 사용해 왔다. 오늘날 캐나다 퀘
벡주 서부와 온타리오주 지역에 살았던 아니시나베족은 피부를 치료하는 연고를 만
들려고 포플러나무의 뿌리와 싹을 이용했다. 캐나다 원주민들은 예로부터 400개가
넘는 다양한 종류의 식물을 사용해 왔는데, 그 가운데 많은 식물이 오늘날에도 쓰이
고 있다. 이런 식물들은 사람들의 병을 낫게 하고, 건강을 회복시켜 주며, 질병을 예방
하기도 한다. 치료사는 약초를 기르고, 약으로 만들어 사람에게 사용하는 법을 훈련
으로 익힌다. 이들은 약이 되는 식물을 매우 소중하게 여긴다.

전쟁이 1856년에 끝나자, 연합군은 저마다 자기 나라로 돌아가면서 본디 크림 반도에서 자라는 블랙 크림 토마토 씨앗을 가지고 갔다. 씨앗을 뿌려서 토마토를 거둔 농부들은 그 맛과 생김새가 맘에 들었고, 그래서 계속해서 씨앗을 저장하여 전 세계 사람들과 나눠 가지게 되었다. 그 덕분에 우리는 오늘날에도 블랙 크림 토마토를 재배하고 있다.

한편 씨앗은 지역과 문화를 대표하는 역할도 한다. 멕시코는 포블라노, 하바네

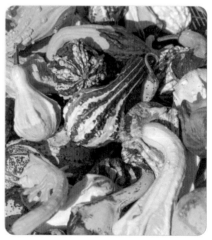

▲ 텃밭에 한 종류의 식물만 심는 것을 '단일 재배'라고 한다(단일은 '하나'라는 뜻이다). 다양한 품종의 식물을 기르면 다양한 식물이 자라는 텃밭을 가꿀 수 있다. 우리가 기를 수 있는 호박 종류는 이렇게나 다양하다!

로, 할라페뇨 같은 맵싸한 고추로 유명하다. 우리가 세계 어느 곳에 살든지, 텃밭에서 이런 고추들이 자라면 이것이 멕시코 토종 식물인지 안다. 이 고추를 넣은 음식을 만들어 먹으면서 멕시코 문화를 느끼기도 한다. 여러분이 사는 곳에는 어떤 씨앗이 전해 내려오는가? 여러분 조상은 어떤 작물을 길러서 먹었는지 알아보자.

모든 생물은 연결되어 살아간다

단세포 미생물부터 고래와 같은 거대한 포유류까지, 지구에 있는 모든 생물이 모여서 생물 다양성을 이룬다. 식물은 생물 다양성을 이루는 데 아주 중요한 역할을 한다. 모든 생물이 식물들과 관계를 맺으며 살아간다.

예를 들어, 토종 가위벌은 자주개자리의 꽃가루받이를 돕는데, 자주개자리는 인간이 소 같은 가축에게 먹이는 중요한 작물이다. 만약 질병이나 살충제, 매우 심한 날씨 변화로 벌의 수가 줄어들면 자주개자리는 꽃가루받이를 하지 못한다. 인간은 씨앗을 얻을 수 없게 되고, 자주개자리를 생산할 수 없게 된다. 자주개자리가 없으면 소의 먹이도 없어진다. 그러면 인간은 결국 소에게서 더 이상 고기와 우유를 얻을 수 없게 되고, 그와 관련된 경제 활동도 사라진다.

연구자들은 1900년부터 해마다 세 가지의 식물이 멸종되어 왔으며, 전 세계 식물의 5분의 1이 멸종 위기에 놓여 있다는 사실

▲ 벌의 몸에는 엄청나게 많은 솜털이 보송보송하게 나 있다. 벌이 꽃에 내려앉으면 솜털에 꽃가루가 달라붙는다. 몇몇 벌은 뒷다리에 작은 꽃가루 바구니가 달려 있어서 날아다니는 동안 꽃가루를 보관해 준다.

을 확인했다. 만약 기후 위기나 그 밖의 다른 큰 재해로 너무 많은 식물이 멸종된다면, 식물 다양성도 영향을 받게 될 것이다. 그러면 우리는 음식이나 약 또는 다른 쓰임새로 사용해 온 여러 식물을 잃게 된다. 식물에서 먹을 것과 살 곳을 찾았던 야생 동물과 곤충 역시 사라질 것이다. 이것은 우리 인간이 살아가는 데에도 큰 영향을 끼친다.

이처럼 생물 다양성을 지키는 일은 지구의 모든 생명체가 살아가는 데 매우 중요하다. 씨앗을 보존하려는 노력은 생물 다양성을 지키는 방법 중 하나다.

▲ 새로운 식물을 만드는 방법에는 여러 가지가 있다. 사진 속 딸기는 씨앗에서 자랐다. 왼쪽 유리컵에 담긴 잎줄기는 스킨답서스에서 떼어 낸 것이다. 이 잎줄기는 물속에 뿌리를 내린다.

무성 생식이란 무엇일까?

식물이 씨앗을 생산하는 것을 '유성 생식'이라고 한다. 씨앗이 만들어지려면 반드시 꽃이 수정되어야 한다. 하지만 식물은 다른 방식으로도 번식할 수 있다. 식물의 가지나 줄기, 잎 등을 잘라서 새로운 식물로 키울 수 있는 것이다. 이러한 방식을 '무성 생식(또는 영양 생식)'이라 한다.

나는 집 안에서 키우는 화초로 아프리카 제비꽃을 키우고 있다. 이 화초의 경우, 잎을 잘라 내어 흙 속에 심으면 잎에서 뿌리가 난다. 그리고 그 하나의 잎이 마침내 본디 것과 유전적으로 똑같은 아프리카 제비꽃으로 자라난다.

우리가 즐겨 먹는 바나나의 경우는 어떨까? 바나나를 먹으면 씨 앗도 같이 먹은 것일까? 아니다! 왜냐하면 마트에서 파는 바나나 는 대부분 씨앗에서 자란 게 아니기 때문이다. 이런 바나나는 인 간이 만든 씨 없는 변종이다. 바나나는 중심이 되는 '땅속줄기'에 서 여러 줄기가 땅 위로 뻗어 나온다. 이렇게 나온 새순이 자라 바나나 열매가 맺히면, 그 줄기는 말라 죽지만 땅속줄기는 남아 또 다른 새순을 땅 위로 키워 낸다. 바나나 재배자들은 더 많은 바나나 열매를 얻기 위해 새순만 떼어 따로 심는다.

다양할수록 더 잘 살아남는다

씨앗을 심지 않고 식물을 번식시킬 수 있는 또 다른 방법이 있다. 바로 '조직 배양법'이다. 이것은 식물의 한 부분을 작게 잘라 내어, 영양분이 든 액체인 배양액 용기에 넣어 기르는 방식이다. 원예 산업은 식물을 심어서 가꾸어 판매하는 일을 말한다. 원예 산업용 으로 식물을 재배하는 회사들은 소비자에게 팔기 위해 똑같은 식 물을 수천 개씩 길러야 하기 때문에 조직 배양법을 사용한다.

실험용 유리 접시 안에서 또는 이미 기르고 있는 식물에서 줄기 나 잎을 떼어 새로운 식물을 기를 수 있다면, 씨앗이 왜 그리 중 요하다는 걸까? 앞서 나는 무성 생식으로 만들어진 식물은 본디 것과 유전적으로 똑같다고 말했다. 내가 무성 생식으로 번식시킨 아프리카 제비꽃 열 송이는 서로 다른 종 열 개가 아닌, 한 종의 복사본 열 개다.

이런 방식은 자칫 큰 위기를 가져올 수 있다. 만약 어떤 식물종의 개체들이 유전적으로 다양하지 않다면, 그 식물종은 기후 위기에 적응하고 병균과 해충에 맞서 살아남기는커녕 멸종될 수 있기 때문이다. 식물종 안에 변이가 많을수록 그 식물종은 환경에 더 잘 적응할 수 있다. 씨앗은 이 세상에서 식물의 다양성을 높여 줄 수 있는 열쇠인 셈이다.

왜 건강한 식물의 씨앗을 보존해야 할까?

씨앗을 보존하는 건 역사를 만들어 가는 일이다. 여러분이 토마토를 키우고 있다고 상상해 보자. 달콤하고 맛있는 열매, 알맞게 낮은 키, 그리고 진흙이 많은 텃밭에서도 잘 자라는 모습 등 토

작지만 강력한 씨앗 이야기

꽃을 피우지 않는 식물은 어떻게 번식할까?

어떤 식물은 본디 씨앗을 만들지 않는다. 고사리 같은 양치식물과 축축한 땅에서 자라는 우산이끼를 비롯한 이끼류는 씨앗을 만들지 않는다. 이런 식물들은 포자로 번식을 한다. 축축한 습지를 걸어 본 적이 있다면, 습지에 뿌리 내린 길쭉길쭉한 쇠뜨기를 보았을지도 모르겠다. 꽃을 피우지 않는 이 흥미로운 식물의 조상은 무려 3억 2,500만 년 전 화석에서 발견되었다. 게다가 그 모습이 오늘날 쇠뜨기의 모습과 크게 다르지 않았다!

▲ 포자를 만들어 내고 있는 쇠뜨기. 포자들이 퍼지
고 나면, 쇠뜨기는 여러 개의 뻣뻣한 초록색 가지가
달린 초록 줄기를 위로 키워 낸다.

마토의 모든 것이 마음에 든다면 어떨까? 이런 토마토가 더 많이 자랐으면 하는 마음에 그 씨앗을 보존하게 될 것이다. 그리고 씨앗을 심어 부모 토마토와 같은 열매를 많이 얻을 것이다.

인류는 1만 2,000년 동안 씨앗을 보존해 왔다. 이리저리 돌아다니면서 사냥하고 먹을 것을 모으는 대신에 한곳에 정착해 농작물을 직접 기를 수 있다는 사실을 깨닫자, 우리 조상들은 계속해서 작물을 기르기 위해 씨앗을 보존해야 했다. 그들은 맛이 더 좋고 병균과 해충에 잘 견디는 튼튼한 작물을 얻기 위해 그런 작물들의 씨앗을 보존했다. 이것을 '선택적 육종'이라 한다. 여러분은 텃밭에서 가장 건강한 식물의 씨앗을 얻어 보존함으로써 수천 년 전에 조상들이 했던 것과 똑같은 일을 할 수 있다.

2장
씨앗 세계에
인간이 끼어들다

인간은 지구 곳곳에서 살아가면서 수많은 변화를 일으킨다. 인간의 영향을 받는 건 씨앗
도 마찬가지다. 인류가 한곳에 정착해 농사를 짓기 시작하면서 씨앗을 독차지하려는 움직
임이 생겨났고, 더 나아가 새로운 씨앗을 만들어 내려는 시도가 이어졌다. 이 장에서는 인
간 활동 때문에 씨앗과 농작물, 생태계에 일어난 변화를 알아보자.

돈벌이 수단이 된 씨앗

옛날에는 씨앗을 독차지하는 사람이 아무도 없었다. 모든 사람이 씨앗을 저장하고 나누고 싶었다. 하지만 지금은 씨앗 회사들이 씨앗을 거두고 포장해 상점에서 판다.

씨앗 회사와 상점이 씨앗들을 가지고 있다고 해도, 농부에게 기르고 있는 식물의 씨앗을 저장하지 말라고 할 수는 없었다. 또한 누군가가 자신이 기르는 여러 식물에서 가장 좋은 씨앗을 선택해서 새 식물을 재배하는 것을 막을 수는 없는 노릇이었다. 이처럼 농부가 씨앗을 저장하고 우수한 씨앗을 선택해 재배할 수 있었기에, 생물 다양성이 더 잘 보전될 수 있었다.

▲1900년대 초, 씨앗을 봉지에 포장하는 미국 여성들. 한 봉지에 씨앗을 다섯 개씩 넣은 다음, 씨앗 봉지를 자동으로 움직이는 컨베이어 벨트 위에 올려놓으면 포장된 봉지가 차례차례 이동했다.

▲ 1900년대 초, 미국의 씨앗 포장 자동화 공장의 모습. 씨앗이 위층에서 천으로 된 관을 타고 내려오면, 기계가 자동으로 봉지 입구를 열어 그 안으로 쏟아져 들어가게 했다.

몇몇 기업이 독차지한 씨앗

지난 수십 년 동안 세계 여러 나라의 정부는 몇몇 식물 육종가와 대기업이 특정 씨앗과 식물에 권리를 갖게 하는 특허를 법으로 허용해 왔다. 이것은 식물의 유전적 성질 을 이용하여 우수한 품종을 길러 내는 일을

▶ 식물을 새 화분이나 텃밭에 옮겨심기할 때에는 흙 속에 심었던 씨앗 하나가 어떻게 큰 식물로 자라났 는지, 그리고 왜 작은 화분에서 꺼내 새 보금자리로 옮겨 주어야 하는지 생각해 보자. 식물을 큰 화분 에 옮겨심기하면 식물이 뿌리를 더 깊고 넓게 뻗 어 키도 더 커지고 풍성하게 자라난다.

전문으로 연구하는 육종가와 기업이 특허 받은 씨앗들을 완전히 가진다는 뜻이다.

농부가 특허 등록된 식물의 씨앗을 받아 팔거나 다른 사람에게 나눠 주는 것은 불법이다. 특허 등록된 씨앗이 필요한 사람들은 모두 기업과 육종가에게 씨앗을 사야 한다. 기업과 육종가는 가지고 있는 씨앗을 팔아서 돈을 번다. 특허 등록된 씨앗들 가운데 많은 것이 콩, 밀 같은 농작물의 씨앗이다.

몇몇 기업은 수천 개의 식물 특허를 가졌다. 이 기업들은 원하면 씨앗 가격을 높일 수 있는데, 이렇게 되면 형편이 좋지 않은 사람들은 사고 싶은 씨앗을 살 수 없다. 농부가 먹거리를 직접 기를 수 없게 된다. 또한 농부가 고를 수 있는 씨앗의 종류가 줄어든다. 이런 상황은 지구 전체의 생물 다양성에 해로운 영향을 끼친다. 이 세상에 존재하는 식물의 종류가 많을수록 식물이 기후 변화와 해충, 병균에 적응해 살아남을 가능성이 더 높아지기 때문이다.

침입종 식물이 나타났다!

식물들이 세계 곳곳으로 옮겨지고 거래되는 건 이로운 일이 되기도 한다. 16세기 에스파냐의 식민지 개척자들은 남아메리카 대륙에서 감자를 발견하고는 열심히 유럽으로 가져갔다. 그리고 수십 년 뒤에 유럽인들은 감자를 가지고 북아메리카로 갔다. 오늘날 북아메리카 사람들은 감자를 즐겨 먹고 있다. 그들에게 감자튀김이나 으깬 감자 요리가 없는 삶은 상상할 수조차 없을 정도다. 유럽인들은 또 밀 같은 작물의 씨앗을 북아메리카에 가져오기도 했다. 씨앗이 한 곳에서 다른 곳으로 옮겨질 때, 결과가 항상 좋은 것만은 아니다. 인간이 씨앗을 새로운 땅에 가져오면서 침입종까지 들여올 수도 있다. 침입종을 통제하거나 뿌리 뽑는 데에는 엄청난 돈과 수고와 시간이 들어간다.

생태계를 어지럽히는 침입종 식물

무엇이 식물을 침입종으로 만드는 걸까? 침입종 식물은 본디 그 땅에 없던 것으로, 바깥에서 들어와 다른 식물과 가축, 반려동물, 야생 생물, 인간에게 해를 끼치는 식물을 뜻한다. 침입종 식물은 인간들이 씨앗이나 식물의 다른 부분을 채취해서 옮겨 심거나,

▼ 칡으로 뒤덮인 한 공간. 칡은 하루에 30센티미터씩 자라며 영역을 빠르게 넓혀 간다.

▲ 화학 약품이나 제초제를 뿌리지 않고 손으로 침입종 식물을 뽑는 여성. 이렇게 하면 힘도 들고 시간도 오래 걸리지만, 환경을 해치지 않을 수 있다.

동물이나 바람이 씨앗을 퍼뜨리면서 낯선 장소에 생겨난다. 칡은 미국 남부에서 가장 심각한 문제를 일으키는 침입종 식물 가운데 하나인데, 본디 토양 침식을 막기 위해 1930년대에 일부러 아시아에서 들여왔다.

침입종 식물은 성장하기에 알맞은 환경에 놓이면, 빠르게 자라면서 널리 퍼진다. 이 말은 침입종 식물이 토종 식물과 영양분, 물, 햇빛, 공간을 두고 경쟁을 벌여 토종 식물을 밀어낼 수도 있다는 뜻이다. 이렇게 되면 한 지역의 생물 다양성은 줄어든다. 침입종 식물의 수가 워낙 많아서 질병이나 해충에 저항성이 생겨 토종 식물에 비해 더 잘 살아남기도 한다.

몇몇 침입종 식물은 인간과 가축, 야생 생물에 해를 끼친다. 물이 흐르는 수로나 가축이 풀을 뜯어 먹는 목초지 같은 서식지를 파괴하기도 한다. 이렇게 되면 임업, 농업, 수산업과 같은 산업이 피해를 입어 경제도 좋지 않은 영향을 받는다. 사람들의 식량 공급에도 문제가 생긴다. 한 예로, 목초지가 침입종 식물 때문에 망가지면, 목장 주인은 사람에게 고기와 여러 먹거리를 주었던 소나 다른 가축을 키울 수 없다.

입국도 출국도 금지!

여러 나라 정부는 침입종 식물이 환경에 해를 끼치거나, 전 세계의 무역과 상업에 문제를 일으키지 않도록 노력하고 있다. 많은 나라가 침입종 식물을 사고팔거나 옮기거나 심거나 퍼뜨리는 것을 법으로 금지한다. 정부가 하는 가장 중요한 일 가운데 하나는 상품이 수입될 때 침입종 식물이 국내로 딸려 들어오지 않도록 (또는 수출품과 함께 다른 나라로 보내지지 않도록) 확실히 막는 일이다.

미국에서는 생명 과학과 농업을 전공한 전문 요원들이 다른 나라에서 들어오는 수하물, 트럭, 컨테이너 속에 침입종 곤충이나 식물이 있는지 확인한다. 요원들은 때때로 탐지견의 도움을 받는다. 탐지견은 침입종 식물과 해충을 냄새로 찾아낼 수 있도록 훈련받은 개다.

캐나다는 해로운 잡초를 막기 위한 법을 만들었는데, 주로 침입

▲캐나다에서 흔히 볼 수 있는 침입종 식물인 사리풀. 사리풀 한 포기에서는 해마다 최대 50만 개의 씨앗이 나온다. 사리풀은 독성을 가지고 있어서 가축이 풀을 뜯는 들판에는 절대로 자라지 못하도록 해야 한다.

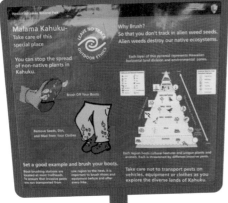

▲미국 하와이주의 한 지역 입구에 세워진 팻말. 침입종 식물이 들어오지 못하도록, 신발과 옷을 털어 낸 다음 입장해야 한다는 안내문이 쓰여 있다.

종을 관리하기 위한 것이다. 미국에도 1975년에 제정된 연방 유해 잡초법이 있다. 잡초 검사관은 농장과 가축을 놓아 기르는 방목장, 가정집 텃밭, 사업장에 침입종 식물이 있는지 확인하는 일을 한다. 만약 잡초 검사관이 침입종 식물을 찾아내면, 그 식물이 발견된 땅의 소유자에게 벌금을 물릴 수 있다.

우리 모두에게는 침입종 식물이 퍼지지

않게 막을 책임이 있다. 이 말은 침입종 식물의 씨앗이 여기저기 옮겨지는 것을 막아야 한다는 뜻이다.

씨앗 봉투 사건

2020년 여름, 캐나다와 미국에 사는 수백 명의 사람들이 우편함에서 이상한 봉투를 발견했다. 봉투에는 알 수 없는 식물의 씨앗이 들어 있었고, 전부 중국이나 대만에서 온 것이었다. 씨앗을 받은 사람들은 그런 씨앗을 산 적이 없었다.

신발을 깨끗이 털어요!

캐나다 앨버타주의 워터턴 레이크 국립공원에 가면 오솔길 들머리마다 신발 터는 곳을 볼 수 있다. 오솔길을 걷기 전후에, 등산객은 특수한 발판에 장착된 구둣솔에 신발을 문질러 깨끗이 해야 한다. 이렇게 하면 수레국화를 비롯한 다른 침입종 식물의 씨앗이 공원 여기저기로 퍼지는 것을 막을 수 있다. 이런 장치는 캐나다 공원 관리국이 공원의 예민한 생태계를 보호하기 위해 만든 것으로, 침입종 식물이 공원의 다른 식물에 해 끼치는 것을 막기 위해 마련한 방법 가운데 하나다.

▲ 씨앗을 다른 나라로 보내려면 그와 관련된 법을 따라야 한다. 이에 대해 더 자세히 알고 싶다면 정부 기관 웹사이트에서 씨앗(종자) 관련 법령을 확인해 보자.

캐나다 식품 검역청과 미국 농무부는 사람들에게 씨앗을 심지 말아 달라고 서둘러 요청했다. 북아메리카 지역에 해를 끼치는 침입종 식물의 씨앗일지도 모르기 때문이었다. 또한 씨앗이 전염병에 걸렸거나, 씨앗과 함께 다른 대륙의 해충이 딸려 들어올 위험도 있었다. 캐나다 식품 검역청과 미국 농무부는 씨앗을 받은 사람들에게 검사를 위해 씨앗을 정부 기관으로 보내 달라고 했다.

이런 일을 보면 우리는 해로운 씨앗이 어떻게 배송되어 전파되는지 쉽게 알 수 있다. 만약 단 한 명이라도 씨앗을 받아서 심었더라면, 게다가 그 씨앗이 침입종에서 나온 것이었더라면, 나중에 아주 큰 문제를 일으켰을 것이다.

중국과 대만에서 보낸 이 씨앗은 어떻게 되었을까? 캐나다와 미국 정부의 농업 부서는 그 씨앗을 검사한 결과 위험한 것이 아니라고 밝혔다. 대부분 박하, 양배추, 겨자와 같은 북아메리카 지역 텃밭에서도 흔히 자라는 식물들의 씨앗이었다. 아마도 어떤 회사가 온라인 쇼핑 웹사이트에 리뷰를 받기 위해 값이 싸면서도 가벼운 씨앗 봉투를 보냈을 가능성이 높다. 씨앗이 해롭지 않은 것으로 밝혀졌다고 하더라도, 제대로 허가받지 않은 씨앗을 다른 나라로 보내는 건 불법이다.

왜 불량 씨앗이 팔릴까?

캐나다에서는 1923년에 씨앗과 관련된 종자법이 만들어졌다. 미국에서도 연방 종자법이 1939년에 만들어졌다. 이러한 법은 농부가 땅에 심어서 기르려고 산 씨앗이 좋은 품질이어야 한다고 말한다. 병들지 않은 상태여야 하고, 대부분 싹을 틔울 수 있어야 한다고 밝힌다. 또한 씨앗이 농부에게 판매될 때까지 제대로 보관되어서, 농부가 씨뿌리기를 하기 전에 변질될까 봐 걱정할 필요가 없어야 한다. 그리고 씨앗에는 그 씨앗이 생겨난 식물이 어떤 종류이며 언제 어디에서 채집되었는지 라벨에 명확하게 쓰여 있어야 한다.

아프리카 몇몇 지역에서는 불량 씨앗 판매상이 농부들에게 큰 문제를 일으키고 있다. 농부는 땅에 심을 씨앗을 판매상에게서 살

▲ 씨앗이 어디서 왔는지, 좋은 품질인지 확인하는 건 농부에게 매우 중요한 일이다.

때 싹이 잘 트고 병에 걸리지 않는, 좋은 품질의 씨앗을 사고자 한다. 하지만 실제로는 형편없는 씨앗을 사기 쉽다. 농부들은 오래되거나 잘못 보관된 씨앗을 사기도 하고, 라벨이 사실과 다르게 적혀 있거나 바뀐 씨앗을 사기도 한다.

씨앗 판매상들은 법을 어겨 가면서 질 나쁜 씨앗을 팔아 더 많은 이익을 챙기려고 한다. 이런 불량 씨앗은 아프리카에서 농사 실패에 따른 식량 부족으로 이어질지도 모른다. 불량 씨앗 거래에 맞서 몇몇 공급자가 검사받은 인증 씨앗을 판매하고 있긴 하지만, 인증 씨앗은 다른 씨앗보다 비싸다. 아프리카의 농부들은 대부분 가난해서 인증 씨앗을 살 수 없는데, 값싼 씨앗은 좋은 품질인지 확인할 길이 없다.

유전자 변형과 유전자 조작

인류는 1만 2,000년 전부터 농사를 짓고 텃밭을 가꾸기 시작했다. 옛사람들은 계속 남겨 두고 싶고, 쓸모 있는 식물을 골라 기르면서 자연스럽게 식물들의 유전적 특징을 바꾸어 갔다.

선택적 육종은 유전자 변형의 한 형태다. 토마토의 한 종류인 익스트림 부시는 유전적으로 변형된 것이다. 이처럼 본래의 유전자를 인위적으로 변형한 작물을 '지엠(GM, Genetically Modified) 작물'이라고 부른다. 익스트림 부시 토마토는 약 60센티미터 높이로 자란 것들만 선별되어 재배되었다. 작은 발코니에서 기르기에 딱 좋다!

한편, 유전자 조작은 유전자 변형과는 다르다. 지난 수십 년 동안 연구자들은 서로 다른 두 생물계, 즉 동물계와 식물계에서

▲ 텃밭이 그리 넓지 않다면 작은 식물을 고르는 게 좋다. 작은 식물을 기르고 싶다면 그런 특징을 지닌 식물을 골라서 번식시키는 선택적 육종을 하면 된다.

▲ 바실루스 투링기엔시스, 즉 '비티균'은 흙 속에 사는 미생물이다. 비티균이 내는 독성 물질은 곤충에 유난히 강력해 이 아름다운 표범나비를 비롯해 나비목의 모든 종을 죽일 수 있다. 연구자들은 비티균의 유전자를 식물에 넣어 식물이 해충에 피해를 입지 않게 한다.

얻은 유전자들을 조합하는 방법을 찾아 왔다. 그 결과, 미생물인 비티균에서 얻은 유전 물질의 일부를 목화나 옥수수 같은 식물에 넣을 수 있게 되었다. 비티균은 흙에서 얻을 수 있는데, 연구자들은 이 미생물에서 몇몇 단백질 성분을 빼내어 살충제로 쓰기도 한다. 이 살충제는 수많은 종류의 애벌레가 식물을 갉아 먹는 것을 막는다.

▲ 연구자들은 어떤 씨앗이 싹 트는 데에 빛이 필요한지 또는 어둠이 필요한지, 씨앗은 싹을 틔울 수 있는 상태로 얼마나 오랫동안 저장될 수 있는지, 어떻게 해야 맛이 더 좋은 품종 또는 덥거나 추운 날씨를 잘 견딜 수 있는 품종을 새로 만들거나 개량할 수 있을지 알아내려고 수많은 실험을 한다.

이러한 유전자 조작 기술이 들어간 것을 '지이(GE, Genetically Engineered) 씨앗'이라 부른다. 여러 실험을 거치고, 여러 나라 정부에서 이런 씨앗을 땅에 심어 기르는 것을 법으로 허락했는데도, 많은 사람들이 두 생물계에서 얻은 유전자들을 조합한다는 건 말도 안 된다고 생각한다. 이들은 유전자 조작 씨앗으로 기른 식물은 먹으면 몸에 나쁠지도 모른다고 여긴다. 유전자 조작의 결과가 아직 알려지지

이거 알아?

많은 사람들이 유전자 조작 농작물을 여전히 꺼리고 있다. 그들은 이런 식물을 '프랑켄푸드'라고 부른다. 이 이름은 영국 작가 메리 셸리가 쓴 소설 《프랑켄슈타인》의 제목과 음식을 뜻하는 '푸드'를 합쳐 놓은 것이다. 이 작품에는 인간 창조를 꿈꾸는 과학자가 만들어 낸 괴물이 등장한다.

▲ 과실학은 씨앗과 열매를 연구하는 학문이다. 씨앗과 열매의 구조나 형태, 그 작동 방식을 공부한다.

않은 상태에서 인간이 자연에 함부로 손을 대는 것이 맞는지 의심한다.

캐나다 몇몇 지역에서 유전자 조작 농작물을 조금씩 재배하고 있다. 하지만 농지가 아닌 평범한 텃밭에서는 유전자 조작 씨앗을 심어 기르거나 모아 두는 일은 없다.

3장
환경에 적응해야 살아남는다

오늘날 인간 활동으로 생겨난 기후 위기 때문에 극심한 기상 이변이 나타나고 있다. 연이은 폭염, 가뭄, 태풍 등으로 수많은 서식지가 파괴되고, 여러 동식물이 멸종 위기에 놓였다. 씨앗 또한 위태롭기는 마찬가지다. 이 장에서는 갖가지 어려움 속에서 씨앗이 어떻게 이동하고 살아남는지 살펴보자.

기후 위기가 일으킨 변화

최근 지구의 평균 기온이 빠르게 오르면서 곳곳에 폭염, 가뭄, 폭우, 태풍 같은 극단적인 기상 현상이 벌어지고 있다. 이를 '기후 위기'라고 하며, 그동안 인간이 벌인 산업 활동으로 생겨났다.

기온이 점점 올라가서 몇몇 지역에서는 식물이 자라나는 시기가 더 길어지고 있다. 해충들은 지구를 가로지르며 새로운 서식지로 이동한다. 북반구가 따뜻해지면서 다른 지역에서 온 곤충들이 이제 북반구의 기후에서도 살아남을 수 있게 되었다. 한때 북반구는 너무 추워서 다른 데에서 들어온 곤충들이 살 수 없었다.

이런 변화를 보여 주는 예로, 미국에서 캐나다로 넘어오고 있는 꽃매미를 들 수 있다. 캐나다 정부는

▼캐나다 서부의 한 지역에 쌓여 있는 통나무. 이렇게 많은 나무를 베어 내는 일은 환경에 어떤 영향을 끼칠까? 이런 일이 세계 곳곳에서 벌어지고 있다.

▶ 나무의 줄기와 가지에서 수액을 빨아 먹는 꽃매미.

꽃매미가 들어오는 것
을 막기 위해 노력하고 있다. 꽃매미처
럼 새로 들어온 곤충은 인간의 식량이 되는
농작물을 먹어 치운다. 게다가 새로운 보금자리
에는 천적이 없어서 수가 빠르게 늘어난다. 또한 뜨겁고
건조해지는 날씨는 잡초를 잘 자라게 한다. 잡초 역시 우리가 식
량으로 기르는 농작물에게서 영양분과 물을 빼앗아 간다.

씨앗은 어떻게 이동할까?

씨앗은 부모 식물로부터 멀리 옮겨 가야 한다. 그러
지 않으면 자라날 수가 없다. 만약 모든 씨앗이 부
모 식물 바로 아래 땅으로 떨어진다면, 그 씨앗은
영양분, 물, 햇빛, 공간을 두고 부모 식물과 경쟁해
야 하며, 잘 자라기 힘들 것이다. 아예 싹을 틔우지
못할 수도 있고, 만약 틔운다고 해도 살아남기 어렵
다. 하지만 벌떡 일어나 걸어갈 수도 없는 씨앗이
대체 어떻게 부모 식물로부터 멀어질 수 있을까?
씨앗은 꽤 영리한 방법을 써서 멀리 나아간다. 씨
앗이 움직이는 것을 '씨앗 분산'이라고 부른다. 씨

이거 알아?

과학자들은 지구 대기
속에 있는 온실가스 양
이 200만 년 이래 가장
높은 수준이라고 밝혔다.
1880년부터 거의 100년
동안 지구 기온은 1.1도
정도 올라갔다. 그리고
1975년부터 고작 50년
만에 그보다 더 크게 올
라갔고, 지금도 계속 오
르고 있다.

앗 분산의 가장 흔한 모습은 야생 생물이나 새가 씨앗 또는 씨앗이 든 열매를 먹고 다른 곳에 똥을 누면서 그 똥 속의 씨앗이 자연스럽게 옮겨지는 것이다. 이와 마찬가지로 코요테, 늑대, 퓨마와 같은 육식 동물도 씨앗을 먹은 쥐나 다람쥐 같은 작은 포유류를 잡아먹음으로써 씨앗을 널리 퍼뜨린다.

야생 동물의 털과 새의 깃털에도 끈적끈적하고 꺼끌꺼끌한 씨앗이 달라붙어서 같이 이동한다. 이런 씨앗은 동물이 몸을 닦을 때나 몸에서 털이나 깃털이 빠질 때 함께 떨어져 나간다. 인간도 이렇게 씨앗을 옮긴다! 산에 갔다가 양말이나 바지에 가시 달린 씨앗을 붙이고 돌아온 적이 있지 않은가?

▼ 말의 앞갈기에 잔뜩 붙은 짚신나물의 열매. 가시 달린 짚신나물의 열매는 야생 동물이나 인간에 달라붙어 주변으로 씨앗을 퍼뜨린다.

누가 씨앗을 옮겨 줄까?

식물은 기후 위기 때문에 달라지는 기온에 적응하고, 여기저기로 물을 찾아다녀야 하는 처지에 놓였다. 다시 말해, 식물은 지금까지 자라던 곳에서 더 이상 살 수 없게 될지도 모른다. 살아남기 위해서는 식물도 다른 곳으로 이동해야 한다.

▼ 우엉도 열매에 난 가시를 이용해 동물의 몸에 붙어 씨앗을 퍼뜨린다.

야생 동물과 새가 식물이 자랄 수 있는, 기후가 더 좋은 곳에 씨앗을 퍼뜨려 줄 수도 있다. 전 세계 식물의 절반가량이 동물의 도움으로 씨앗을 퍼뜨린다. 하지만 동물도 기후 위기에 시달린다. 씨앗을 퍼뜨리는 동물의 수가 줄어들면 식물은 다른 곳으로 옮겨

작지만 강력한 씨앗 이야기

씨앗은 날고, 터지고, 떠다니고, 불에 탄다!

단풍나무 씨앗은 아름다운 날개가 달려 있어서 '시과(날개 열매)'라고 불린다. 헬리콥터 날개처럼 생긴 작은 날개는, 씨앗이 바람을 타고 멀리 날아가도록 돕는다. 또 다른 식물은 씨앗을 터뜨려서 여기저기로 옮긴다. 렌틸콩을 비롯한 몇몇 식물은 꼬투리를 갖고 있는데, 씨앗이 익으면 이 꼬투리가 터져서 벌어진다. 그러면 씨앗은 사방으로 날아간다.

씨앗은 물을 통해 퍼지기도 한다. 열대 지역에서는 코코야자에서 떨어진 코코넛이 물속으로 빠져서 다른 지역까지 떠간다. 씨앗은 불에 의해서 퍼지기도 하는데, 이때는 씨앗이 움직이지 않는다. 그저 불길 속에서 살아남아야 한다. 로지폴소나무 씨앗이 여기에 속하는데, 이 나무의 씨앗에는 높은 열에 녹는 끈적끈적한 송진이 들어 있다. 씨앗은 잠든 상태로 있다가 불에서 녹으면 깨어난다. 깨어난 씨앗은 막 불에 탄 땅속에서 싹 틔운다.

불에 탄 로지폴소나무 솔방울

▲ 바람을 타고 날아가는 엉겅퀴 씨앗.

▲ 열기가 있어야만 벌어져 씨앗을 내놓는 솔방울. 이런 솔방울은 산불의 열기로 터질 때까지 가만히 있는데, 이 기간이 때때로 수십 년 동안 이어진다.

갈 수 없다. 그러면 결국 많은 식물이 적응하지 못하고 지구에서 사라질 것이다.

드론으로 씨앗 뿌리기

캐나다 브리티시컬럼비아주 북부 지역에서 2020년부터 한 개발업자가 '북부에 씨 뿌리기' 사업을 진행했다. 예전에 이 지역에서는 무려 3만 5,000 제곱킬로미터 땅의 나무들이 모조리 베어졌고, 홍수도 일어났다. 사람들이 들어가기 워낙 힘든 곳이라 나무를 새로 심기 어려웠다. 하지만 하루빨리 숲을 다시 가꾸고 생태계를 되살려야 했다. 이 지역 원주민은 덫을 놓고 사냥을 해서 먹거리를 얻기 때문이다. 숲을 본디 모습대로 돌려놓는다는 건 야생 동물에게는 먹고 자고 새끼를 키울 수 있는 곳이 생긴다는 걸 뜻한다. 일반적인 산림 복원 회사들은 숲을 다시 가꿀 때 그저 한두 종의 나무만 심고 말지만, '북부에 씨 뿌리기' 사업 팀은 생물 다양성을 높이기 위해 여러 종류의 씨앗을 뿌린다. 씨앗이 싹을 잘 틔우게 하기 위해서 씨앗에는 바이오 숯을 바른다. 바이오 숯은 보통 숯과 비슷한데, 추수가 끝난 뒤 남겨진 옥수수 같은 곡물의 줄기 밑동이나 풀 같은 식물성 물질을 태워서 만든다. 씨앗에 바이오 숯을 바르면 씨앗이 마르지 않아 싹 틔울 가능성이 높아진다. (씨앗이 싹을 틔우려면 반드시 물이 있어야 한다는 사실을 기억하자.) 또한 동물들은 바이오 숯의 맛을 고약하다고 느껴서 숯이 발린 씨앗을 먹지 않고 그대로 놔둔다.

'북부에 씨 뿌리기' 팀은 드론을 이용해서 사람이 들어가기 어려운 지역에 씨앗을 뿌린다. 드론은 멀리까지 날아갈 수 있고, 비용도 크게 들지 않는다. '북부에 씨 뿌리기' 팀은 원주민과 그 지역 환경을 존중하면서 숲을 다시 가꾸기 위해 힘쓰고 있다.

꽃가루받이를 돕는 곤충

꽃 주위에서 윙윙거리는 벌을 본 적 있을 것이다. 자세히 보면 벌이 뒷다리에 있는 꽃가루 바구니에 모아 놓은 끈적한 꽃가루를 볼 수 있다. 꿀벌의 양쪽 뒷다리에는 긴 털이 구부러져 바구니 모양을 이룬 곳이 있다. 벌은 '꽃가루 바구니'라고 부르는 이곳

▲ 아름답고 아주 큰 이 박각시나방도 꽃가루받이 매개자다.

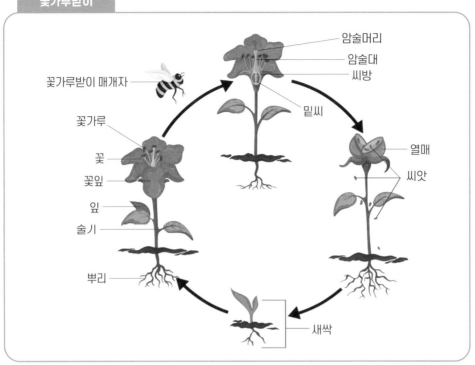

암술머리

암술대

씨방

꽃가루받이 매개자

밑씨

꽃가루

열매

꽃

씨앗

꽃잎

잎

줄기

뿌리

새싹

이거 알아?

오직 벌만이 식물의 꽃가루받이를 돕는 건 아니다. 나방, 나비, 딱정벌레, 파리, 심지어 개미도 꽃가루받이를 돕는다. 새와 도마뱀, 박쥐와 같은 포유동물이 꽃가루받이를 돕는 지역도 있다. 브라질에서는 주머니쥐가 어떤 꽃의 꽃가루받이를 돕는다는 사실이 밝혀졌다.

에 꽃가루를 다져서 가져간다. 꽃가루는 식물이 씨앗을 만들도록 돕는다. 이를 위해서는 반드시 꽃가루가 꽃의 수술에서 암술로 옮겨져야 한다. 많은 식물이 곤충의 도움으로 꽃가루받이를 하는데, 벌도 이런 곤충에 속한다.

씨앗이 만들어지는 갖가지 방법

수술과 암술이 함께 있는 꽃이 있는가 하면, 수꽃과 암꽃이 따로 피는 꽃도 있다. 꽃가루는 반드시 수술에서 암술로 옮겨져야 한다. 암술의 가장 윗부분은 암술머리인데, 여기에 벌이 꽃가루를 잔뜩 실어 와 내려앉는다. 그러면 꽃가루는 암술대를 지나 씨방에 닿는다. 식물에 꽃가루받이가 일어나면 그 식물의 씨방은 열매가 된다. 씨방 안의 '밑씨'라고 하는 부분은 나중에 씨앗이 된다.

사과와 라즈베리 같은 식물이 씨앗을 만들기 위해서는 타가 수분이 이루어져야 한다. 타가 수분은 서로 다른 유전자를 지닌 꽃의 꽃가루가 곤충이나 바람, 물의 도움으로 열매나 씨를 맺는 것이다. 전 세계의 꽃을 피우는 식물들 가운데 75퍼센트 이상이 꽃가루받이 매개자를 필요로 한다.

이와 달리, 토마토 같은 식물은 스스로 꽃가루받이를 한다. 곤충이나 바람의 도움 없이 꽃가루가 같은 꽃에 있는 수술에서 암술로 옮겨 간다. 이런 꽃에는 꽃가루받이 매개자가 꼭 필요하지는 않지만, 곤충이나 바람이 꽃가루 이동을 좀 더 쉽게 만들어 준다.

지금까지 씨앗이 만들어지는 데에 곤충이나 다른 꽃가루 매개자가 얼마나 중요한지 살펴보았다. 만약 기후 위기나 살충제 때문에 꽃가루받이를 돕는

▲주키니호박의 수꽃과 암꽃. 이처럼 호박은 한 덩굴에서 수꽃과 암꽃이 따로 떨어져서 피는 식물이다. 길고 곧은 줄기가 있는 것이 수꽃이고, 아래에 호박 열매가 자라는 것이 암꽃이다.

▲ 막 싹 튼 씨앗에 곰팡이가 잔뜩 피어 있다. 이 씨앗은 물기가 너무 많아서 곰팡이에 감염되었다. 검은 반점은 곰팡이 포자다.

벌, 나비, 새의 수가 줄어든다면, 인간의 먹거리도 줄어들 것이다. 뿐만 아니라 약, 섬유, 건축 재료도 얻을 수 없게 된다.

씨앗이 병에 걸리면?

씨앗은 병균에 감염되어 해를 입기도 한다. 병균은 씨앗의 안이나 바깥면에 붙어서 산다. 겉에서 보았을 때에는 씨앗이 감염된 사실을 알기 어렵다. 하지만 감염된 씨앗은 대개 싹을 틔우지 못하거나, 어렵게 싹을 틔우더라도 더 크게 자라지 못한다. 식물이 씨앗으로부터 얻은 질병은 다른 식물에게 전염된다. 그렇게 되면 결국 인간이나 동물이 그 식물을 먹을 수 없게 된다. 병든 씨앗을 나중에 심으려고 보관할 경우, 함께 보관된 다른 씨앗들도 감염될 수 있다. 그러므로 반드시 상태가 좋은 씨앗을 골라서 저장해야 한다. 그렇게 해야 병균이 다른 텃밭이나 야생으로 퍼지지 않게 확실히 막을 수 있다.

4장
씨앗이 있어야
미래도 있다

20세기 들어서 큰 전쟁과 자연재해가 잇따르자, 그런 위험에서 씨앗을 보존하려는 움직임이 생겨났다. 이 장에서는 미래를 위해 모든 생물의 생존 토대가 되는 씨앗을 보존하려는 사람들의 활동을 살펴보고, 우리 각자의 역할을 알아보자.

씨앗을 은행에 맡긴다고?

'은행' 또는 '금고'라는 낱말을 보면 아마 돈이 떠오를 것이다. 오늘날에는 돈을 주고받는 일이 컴퓨터나 스마트폰에서 이루어지는 전자 거래로 바뀌어 우리 눈에 보이지 않지만, 은행과 금고에는 여전히 지폐와 동전이 보관되어 있다. 은행과 금고는 우리가 돈을 미래에 사용할 수 있도록 안전하게 보관해 준다.

씨앗 은행도 이와 비슷한 역할을 한다. 씨앗 은행은 전 세계 식물의 씨앗을 보관하기 위해 지어진 특별한 곳이다. 이곳 씨앗들은 식물이 멸종될 경우에 바로 꺼내 쓸 수 있도록 보관된다.

▼북아메리카 토착 민족인 체로키족이 수 세기 동안 모으고 보관한 씨앗이 담긴 봉투. 이처럼 대대로 씨앗을 보관하는 일은 조상과 작물을 길러 내는 땅에 대한 끈끈한 유대감을 느끼게 해 준다.

씨앗을 보존하는 사람들

씨앗 은행은 대개 여러 나라가 함께 만들어 운영한다. 이 나라들은 같이 씨앗을 모으고, 씨앗 은행에 보관하고, 그 은행이 체계적으로 잘

▲ 식물 유전자 은행에 저장된 씨앗 표본. 과학자들이 새로운 식물 품종을 만들어 내는 데 사용된다. 과학자들은 표본을 활용해 해충과 질병에 강하거나 추운 날씨에도 잘 살아남는 새로운 품종을 개발한다.

관리되도록 노력한다. 씨앗 은행은 나쁜 날씨나 자연재해, 또는 전쟁 중에 씨앗을 독차지하려는 사람들로부터 피해를 입지 않도록 반드시 보호되어야 한다.

전 세계에는 약 1,400개의 씨앗 은행이 있다. 세계에서 가장 잘 알려진 씨앗 은행 가운데 하나는 미국 오클라호마주 탈레쿠아의 체로키족 거주 지역에 있다. 체로키족은 맨 처음으로 씨앗을 모아 자기들만의 씨앗 은행에 보관한 북아메리카 토착 민족이다. 체로키족의 씨앗 은행에는 수천 년 동안 체로키족 문화의 일부분으로 전해 내려온 여러 식물이 보관되어 있다. 여기에는 담배와 몇몇 종류의 옥수수와 콩, 스쿼시 호박이 들어간다. 체로키족은 해마다 스무 가지 이상의 씨앗을 모아서 서로 나눠 갖는다.

환경 운동가인 반다나 시바가 인도 우타라칸드주에 만든 나브다냐 환경 운동 기관과 씨앗 은행도 있다. 시바와 동료들은 인도에

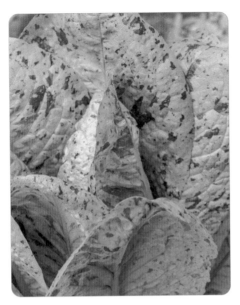
▲ 화려한 무늬를 가진 토종 '송어등무늬상추'의 씨앗은 여러 해를 두어도 싹을 틔운다.

서 농부들과 힘을 모아 5,000가지가 넘는 씨앗을 보존해 왔다. 이들은 나브다냐 환경 운동 기관의 씨앗 은행 본부와 65개의 공동체 씨앗 은행을 함께 운영한다.

1975년 미국에서는 '씨앗을 받는 사람들(Seed Savers Exchange)'이라는 단체가 생겨났다. 이 단체는 전 세계 이민자들이 북아메리카에 가져온 수많은 토종 씨앗을 맡아 보관한다. '다양성의 씨앗(Seeds of Diversity)'은 캐나

작지만 강력한 씨앗 이야기

씨앗은 얼마나 오래 살까?

씨앗은 정해진 기간 동안에만 싹을 틔울 수 있다. 씨앗이 싹을 틔워 식물로 자랄 수 있는 능력을 '발아력'이라고 한다. 씨앗이 싹을 틔우려면 적당한 온도와 물, 산소가 고루 갖추어져야 한다. 만약 씨앗이 너무 오래되거나 제대로 보관되어 있지 않으면, 싹을 틔우지 못한다. 모든 씨앗은 저마다의 발아력을 지닌다. 양파 씨앗은 오래 보관할 수 없다. 서늘하고 건조한 장소에 잘 보관해도, 되도록 빨리 심어야 한다. 1년이 넘으면 양파 씨앗은 싹을 틔우지 못한다. 반면에 오랜 시간이 지나도 싹을 틔우는 씨앗이 있다. 오이, 양상추, 셀러리 씨앗은 보관한 지 5년이 넘어도 싹을 틔운다.

▲ 생물 다양성이 풍부한 야생화 들판

다에 있는 단체로 1,000명 넘는 회원들이 씨앗을 저장하고 생물 다양성을 보존하기 위해 노력한다.

2013년 중국 과학자들은 1,300년 된 연꽃 씨앗을 싹 틔우는 데 성공했다. 정말 오랜 시간 동안 살아남은 씨앗이다! 전 세계 씨앗 은행에서는 과학자들이 모든 씨앗을 싹 틔울 수 있는 상태로 보관 하기 위해 특수 용기에 담고 가장 알맞은 온도를 유지시킨다. 또 한 신선한 씨앗을 보관하기 위해 계속 새로운 씨앗을 들여온다.

가장 오래된 씨앗 저장고

1941년 2차 세계 대전이 일어났을 때 독일군이 러시아의 도시 레닌그라드(현재 상트페테르부르크)를 침공했다. 그 도시에는 시 민 200만 명이 살았는데, 3년 가까이 이어진 공격 때문에 먹을 것이 바닥나고 말았다. 그때 100만 명 이상이 목숨을 잃었는데

▲ 바빌로프 식물 산업 연구소의 연구자들은 씨앗 은행에 보관된 씨앗을 연구하여 건조한 기후에서 잘 자랄 수 있는 농작물을 만들기 위해 노력한다.

그 가운데에는 18만 7,000개의 씨앗을 보호하기 위해 노력한 과학자들도 있었다.

전쟁이 일어나기 전, 러시아의 식물학자이자 유전학자였던 니콜라이 바빌로프와 그가 이끄는 식물 산업 연구소의 학자들은 세계 곳곳의 씨앗을 모았다. 그들은 씨앗을 저장하는 일과 튼튼한 품종을 만들어 내는 일이 언젠가 세계의 굶주림 문제를 해결할 수 있을 거라고 기대했다. 바빌로프는 몇 종의 작물만 기르는 건 생물 다양성을 위협하는 일이라는 사실을 깨달았다. 만약 한 나라가 고작 몇 가지 작물만 기르다가 그 작물들이 해충이나 병균에 해를 입는다면, 식량 공급이 완전히 끊길 수도 있었다. 바빌로프는 이런 일을 막으려면 다양한 종류의 작물을 길러야 한다는 걸

알았다.

러시아의 지도자였던 스탈린이 바빌로프를 반역죄로 감옥에 집
어넣었고, 바빌로프의 계획에 참여한 학생들은 노력의 결실을 보
지 못한 채 죽었지만, 바빌로프와 학생들이 공들여 보호했던 씨
앗 가운데 많은 수가 살아남았다. 이 씨앗들에서 나온 자손 식물
들은 오늘날 러시아에서 재배되고 있으며, 바빌로프가 만든 씨앗
저장고도 여전히 남아 있다.

지구 최후의 날 저장고

스발바르 국제 씨앗 저장고는 '지구 최후의 날 저장고'라고도 불
린다. 앞으로 전 세계 또는 특정 지역
이 엄청난 재앙을 겪을 때 필요할 씨
앗을 저장하고 있기 때문이다. 이 저
장고가 있는 스발바르 제도는 북극해
에 있는 노르웨이령 섬의 무리다. 북
극에서 1,000킬로미터 남짓 떨어져
있는 외진 곳이어서, 사람이 그리 많
이 살지 않는다. 또한 여름철 평균 최
고 기온이 7도밖에 되지 않는다.

스발바르 국제 씨앗 저장고는 노르웨
이 정부가 지어서 2008년에 문을 열
었다. 산등성이에 119미터 길이의 터

▲ 일정한 온도로 유지되는 스발바르 국제 씨앗 저
장고 내부의 모습. 씨앗이 가득 찬 통이 줄줄이 들
어차 있다.

저장고에는 100만 가지가 넘는 씨앗이 보관되어 있다.

씨앗 표본 봉투 하나에 500개의 씨앗이 담겼다.

저장고에는 약 4억 9,600만 개의 씨앗이 있다.

최대 450만 개의 씨앗 표본(즉, 최대 22억 5,000만 개의 씨앗)을 보관할 수 있는 공간이 있다.

90개 이상의 나라가 씨앗을 저장고로 보내온다. 캐나다, 미국, 러시아, 멕시코, 라트비아, 인도네시아, 이스라엘, 레바논, 그리스, 인도, 핀란드, 스웨덴, 노르웨이, 포르투갈, 대만, 한국, 브라질, 뉴질랜드, 아프리카의 많은 나라들이 여기에 포함된다.

스발바르 국제 씨앗 저장고 현황

▲ 산등성이를 뚫어서 지은 스발바르 국제 씨앗 저장고. 독특하게 보이는 이 건물은 핵전쟁과 기후 위기 같은 세계적 재앙을 견딜 수 있도록 만들어졌다.

널을 뚫어 만든 거대한 건물로, 씨앗은 이 안에서 영하 18도로 일정하게 보관된다. 딱 그 온도에서 씨앗이 싹 틔우는 능력을 가장 잘 유지하기 때문이다. 저장고에는 밀, 쌀, 보리 같은 흔한 작물의 씨앗이 들어 있다. 또한 내전 때문에 시리아에서 거의 다 사라질 뻔한 렌즈콩, 병아리콩과 자주개자리(알팔파) 변종들을 포함해 희귀 작물과 관상용 식물의 씨앗들도 있다. 해마다 세계 곳곳에서 스발바르 저장고로 씨앗을 보낸다. 이처럼 씨앗을 맡긴 기구와 국가만이 나중에 씨앗이 필요해졌을 때 되돌려받을 수 있다.

누구나 씨앗을 저장할 수 있다!

작은 화분에 토마토 모종 하나를 기르고 있든, 온갖 채소로 가득한 텃밭을 일구고 있든 상관없다. 여러분이 식물을 심어 가꾼다면, 씨앗을 저장할 수 있다. 물론 자기만의 씨앗 저장고도 만들수 있다. 씨앗을 거둬 저장하는 일은 무척 쉽다. 그리고 씨앗을제대로 저장하면 다음 해에 또 심을 수 있고, 더 많은 씨앗을 거두어 계속 그 식물을 기를 수 있게 된다.

씨앗을 보관하는 방법

어떤 종류의 씨앗을 저장하든, 나중에 그 씨앗을 쓰려면 제대로보관해야 한다. 썩은 씨앗에서 싹이 나올 리가 없다!

1. 우선 씨앗이 완전히 말랐는지 확인한다.

2. 씨앗을 종이봉투에 넣고 밀봉한다.

꼬투리가 있는 콩과식물

1. 콩과식물은 꽃을 피운 다음에 꼬투리를 만든다. 식물에 달린 꼬투리들 중 몇 개가 완전히 마를 때까지 둔다. 식물이 자라는 시기가 끝날 때까지 기다려야 할 수도 있다. 꼬투리를 흔들었을 때 그 속의 씨앗들이 달그락거리고, 꼬투리 색깔도 갈색으로 변했으면 다 마른 것이다.

2. 식물에서 꼬투리를 떼어 낸 다음, 열어서 속에 든 씨앗을 꺼낸다.

꼬투리가 없는 시금치 같은 식물

1. 꽃이 피고 진 다음에 몇몇 시든 꽃을 줄기에 남겨 둔다. 시들어 마른 꽃 속에서 씨앗이 만들어진다. 씨앗이 완전히 마를 때까지 그대로 둔다. 다 마른 씨앗은 딱딱하다.

2. 씨앗이 달린 줄기를 자른다. 꽃에서 씨앗을 모두 빼낸다. 만약 씨앗이 작다면 꽃이 달린 줄기를 종이봉투 안에 넣는다. 그 안에서 씨앗을 떼어 내면 봉투 안에 씨앗만 남는다.

토마토

1. 토마토에서 씨앗을 퍼내면, 씨앗이 젤리처럼 끈적거리는 물질로 덮여 있다는 사실을 알게 될 것이다. 이 물질에는 아브시스산이 들어 있는데, 이 성분은 씨앗이 토마토 열매 속에서 싹 틔우는 걸 막는 역할을 한다.

2. 토마토 씨앗과 과육을 유리병에 넣는다. 병에 물을 가득 붓는다. 병을 따뜻한 곳에 (단, 직사광선이 없는 곳에) 2~3일간 둔다. 하루 한 번 병 속 혼합물을 저어 준다. 이 액체를 체에 부어 씨앗을 걸러 낸 뒤 씻는다. 유산지 위에 씨앗을 놓고 말린다.

여러 종류의 호박들

1. 어른의 도움을 받아서 호박을 가른다. 호박 속 씨앗을 퍼낸다. 씨앗에 붙은 끈적끈적한 과육은 씻어 낸다.

2. 씨앗을 수건으로 톡톡 두드려 말린다.

3. 유산지를 깐 오븐용 철판 위에 씨앗을 고르게 펼쳐 놓는다.

4. 이 철판을 서늘하고 건조한 곳에 둔다. 한 달 동안 씨앗들을 말린다.

3. 봉투에 식물 이름과 씨앗을 거둔 날짜를 적는다. 그 식물과 관련된 정보, 예를 들어 토마토 열매는 빨갛고 골프공 크기만 했다거나 스위트피꽃은 옅은 분홍색이고 향기가 정말 좋았다는 식의 글을 덧붙여도 된다.

4. 온도가 일정하게 유지되는 서늘하고 건조한 곳에 씨앗 봉투를 둔다.

씨앗을 빌려주는 공공 도서관

세계 곳곳에 씨앗 도서관이 생겨나고 있다. 씨앗 도서관은 씨앗을 모아 두고 사람들이 빌려 갈 수 있도록 만든 곳이다. 사람들은 씨앗 도서관에서 책이 아닌, 씨앗을 빌린다. 빌린 씨앗을 화분이나 텃밭에 심고 거기서 나온 식물이 다 자라면, 씨앗을 거두어 씨앗 봉투에 담아서 도서관에 돌려주면 된다. 이런 식으로 하면서 사람들은 서로의 텃밭을 어느 정도 나눠 가질 수 있다.

2022년 캐나다 앨버타주의 에드먼턴 공립 도서관은 21개의 분점 가운데 한 곳을 씨앗 도서관으로 세웠다. 도서관을 세울 때 도움을 준 후원자는 완두나 콩, 당근 같은 식물 씨앗을 10종까지 빌려 갈 수 있다. 이 도서관은 씨앗

▲ 딱 알맞은 때를 기다렸다가 씨앗을 거두면, 씨앗에 곰팡이가 피지 않는다. 마른 상태로 거둬야 하는 씨앗의 경우에는 줄기나 이삭, 또는 씨앗 자체에 녹색이 보이지 않아야 한다. 씨앗을 거둘 때는 씨앗 전체가 갈색이어야 한다.

▲ 캐나다 캘거리 씨앗 도서관. 설립자인 셸비 몽고메리는 우리가 씨앗을 심고 또 새 씨앗을 거둬들이면서 자연 속 순환에 대한 교훈을 얻는다고 말한다. 씨앗 거두기를 통해 우리는 음식이 어디서 생겨나는지도 알게 된다. 그리고 이러한 깨달음은 지역 공동체와 우리 둘레에서 함께 살아가는 수많은 생물을 돌보는 일로 이어진다.

을 얻어 간 사람들이 누구든지, 씨앗을 심고 거기서 식물이 나와서 다 자라면 씨앗을 다시 거두어서 도서관으로 돌려주기를 권한다.

2010년에만 해도 미국에는 씨앗 도서관이 거의 없었다. 하지만 캘리포니아 주의 한 과학 교사가 시작한 프로그램 덕분에, 겨우 10년 만에 미국 곳곳의 공공 도서관에 500개가 넘는 씨앗 도서관 프로그램이 만들어졌다.

앞마당에 씨앗 도서관을 만들자!

캐나다에서 집들이 늘어선 길을 걸어가다 보면, 어떤 집 앞마당에 세워진 '작은 무료 도서관'을 발견할 수 있다. 사람들은 다 읽은 책을 이 도서관에 넣어 두고 다른 책을 가져간다.

몇몇 사람은 씨앗을 교환할 수 있는 '작은 씨앗 도서관'을 만들었다. 사람들은 이 도서관에서 가져온 씨앗으로 식물을 기르고 씨앗을 저장한 다음, 새로 얻은 씨앗을 사람들과 나눠 갖기 위해 도서관에 반납한다.

캐나다 캘거리에 사는 로럴 말리알리스는 앞마당에 '작은 무료 씨앗 도서관'을 만들었다. 로럴은 이 씨앗 도서관이 동네에서 좋은 반응을 얻었다고 말한다. "페이스북에 언제 씨앗이 들어오는지를 알리면, 이웃들이 아무 때나 앞마당에 들러서 씨앗 함을 열어 봐요. 가끔 특정한 씨앗을 찾는 사람들은 제게 메시지를 보내요. 그러면 저는 우편함에 그 씨앗을 넣어 두지요." 로럴은 초보자를 위해 해바라기나 콩 같은 친숙한 씨앗도 씨앗 도서관에 넣어 둔다.

온라인 씨앗 교환

사람들은 온라인에서 씨앗을 교환하기도 한다. 온라인을 이용하면 약속을 잡고 씨앗 정보를 주고받기가 쉽다. 페이스북에는 씨앗 교환 그룹이 있는데, 여기에는 누구나 가입할 수 있다. 회원들은 다른 사람에게 나눠 줄 수 있는 씨앗이나 얻고 싶은 씨앗 이름을 올린다. 그리고 씨앗을 줄 수 있는 회원이 나타나면, 자기 주소를 쓰고 우표까지 붙인 편지봉투를 그 회원에게 보내어 씨앗을 받는다.

씨앗 교환은 자기 자신과 다른 사람들의 텃밭을 더욱 다양하고 풍성하게 가꾸도록 돕는다. 우리는 동네, 지역 또는 전국 곳곳에서 다양한 텃밭을 일구는 사람들을 만날 수 있다. 단, 온라인에서 씨앗을 교환할 때에는 부모의 허락과 도움을 받도록 하자.

공동체 텃밭 가꾸기

여러 도시와 마을에는 공동체 텃밭이 있다. 공원이나 지역 문화 기관, 아파트 단지, 경로당이나 교회에 딸린 공간에 이런 텃밭이 자리한다. 지역 사람들은 돈을 내고 한 해 동안 공동체 텃밭의 한 구획을 빌린다. 그러면 그 땅에서 식물을 키울 수 있다. 때때로 텃밭을 일구는 사람들은 텃밭 지원금을 받기도 하고, 거둔 채소와 과일을 푸드 뱅크에 기부하기도 한다.

공동체 텃밭을 일구는 사람들은 씨앗을 주고받는 걸 좋아한다. 여러분에게 남은 씨앗이 있으면 공동체 텃밭을 일구는 사람들에게 나눠 주자. 그러면 보답으로 새로운 씨앗을 얻을지도 모른다!

작지만 강력한 씨앗 이야기

다 함께 씨앗 수확을 기념하고 씨앗을 나누자!

미국에서는 2006년부터 해마다 1월 마지막 토요일에 '전국 씨앗 교환의 날'이 열린다. 텃밭을 일군 사람들이 씨앗 수확을 기념하고 씨앗을 함께 나누는 날이다. 행사에 참가하면 다가오는 봄철의 씨뿌리기를 준비할 수 있어 좋다.

해마다 4월 26일에는 '국제 씨앗의 날' 행사가 열린다. 사람들에게 씨앗의 가치를 일깨우고, 화학 비료나 농약을 쓰지 않는 유기농법의 중요성과 농부, 특히 개발 도상국 농부의 권리에 대해 배울 수 있는 여러 프로그램이 진행된다.

씨앗 토요일

1990년 3월, 캐나다 밴쿠버에서 특별한 씨앗 나눔
행사가 열렸다. 이날은 최초의 '씨앗 토요일'이었다.
오늘날에는 북아메리카 곳곳에서 수백 개의 씨앗
토요일(또는 일요일) 행사가 열린다. 이 행사에서는
다양한 나이의 사람들이 모여 씨앗을 사고팔고 교
환한다. 몇몇 행사장에서는 텃밭 활동 전문가와 원
예 사업 종사자가 씨앗 저장 같은 주제로 강연을 펼치기도 한다.
씨앗 토요일은 씨앗을 심고 저장하고 나누는 것을 기념하는 행
사다. 캐나다에서는 웹사이트(seeds.ca)를 통해 언제 어디에서 씨

이거 알아?

다른 사람과 씨앗을 교
환하기 전에 관련 법규
를 확인하자. 씨앗을 나
누거나 사고파는 일에
대한 법 규정은 온라인
에서 찾아볼 수 있다.

▼ 공동체 텃밭 회원들이 씨앗을 서로 나누면 많은 사람에게 이롭다!

▲꽃가루받이를 돕는 벌. 씨앗이 있어야 식물이 자랄 수 있고, 식물에 기대어 살아가는 수많은 생물도 생존할 수 있다.

앗 토요일 행사가 열리는지 알아볼 수 있다. 다른 사람들과 씨앗을 교환하려면, 자신이 저장한 씨앗을 챙겨 가야 한다.

모두에게 씨앗이 필요하다!

우리가 씨앗을 저장해야 하는 이유에는 여러 가지가 있다. 씨앗에서 자라난 식물이 없으면 우리 삶에 꼭 필요한 옷, 음식, 집, 약 같은 것을 얻을 수가 없다. 또한 씨앗은 우리보다 앞서 살면서 작물을 심고 열매를 거둬들였던 사람들을 떠올리게 한다.

텃밭을 가꿀 때 또는 야생화가 핀 들판을 걷고 있을 때, 주위를 둘러보자. 식물과 영향을 주고받으며 꽃가루받이를 돕는 곤충이나 새가 보이는가? 바람에 씨앗이 흩날리고 있는가? 씨앗이나 작은 열매를 쏙쏙 빼 먹는 새가 있는가? 이 모든 것을 보며 씨앗의 소중함을 느낄 수 있길 바란다!

시민 과학자가 되자!

나는 캐나다 앨버타주에 있는 워터턴 레이크 국립 공원 근처에 산다. 어느 날, 소셜 미디어에서 자원봉사자 모집 글을 보았다. 워터턴 레이크 국립 공원을 관리하는 캐나다 국립 공원 관리청은 공원에서 몇 가지 식물의 씨앗 모을 사람을 구했다.

나와 남동생은 봉사자 지원을 했다. 우리는 국립 공원 직원이 이끄는 그룹에 들어가서 '담자리꽃나무'라고 하는 야생화뿐만 아니라, 그 지역에서 자라는 벼과식물의 씨앗을 땄다. 우리는 캔버스 천과 가죽으로 된 커다란 가방을 허리에 두르고, 그 속에 씨앗을 채워 넣었다. 그렇게 모인 씨앗은 그것을 제대로 말려서 보관하는 시설로 보내졌다. 우리가 모은 담자리꽃나무 씨앗은 공원의 버려진 자갈밭에 심길 예정이다. 씨앗이 심긴 뒤 몇 년이 지나면 그곳은 아름다운 꽃들로 가득 찬, 꽃가루받이 매개자들이 즐겨 찾는 장소가 될 것이다.

담자리꽃나무 씨앗을 모으는 글쓴이의 남동생.

더불어 사는 지구 84

지구에 씨앗이 모두 사라지면? - 작은 발걸음 큰 변화 ㉓

처음 인쇄한 날 2025년 2월 14일 | **처음 펴낸 날** 2025년 2월 28일
글 셰릴 노먼도 | **옮김** 오지현 | **감수** 김진옥
펴낸이 이은수 | **편집** 오지명, 김연희, 박진희 | **북디자인** 원상희 | **마케팅** 정원식
펴낸곳 초록개구리 | **출판등록** 2004년 11월 22일(제300-2004-217호)
주소 서울시 종로구 비봉2길 32, 3동 101호
전화 02-6385-9930 | **팩스** 0303-3443-9930
인스타그램 instagram.com/greenfrog_pub

ISBN 979-11-5782-311-6 74840 | 978-89-956126-1-3(세트)